KB116724

생쥐와 친구가 된 고양이

루이스 세풀베다

생쥐와 친구가 된 고양이

노에미 비야무사 그림 | 엄지영 옮김

이 책은 실로 꿰매어 제본하는 정통적인 사철 방식으로 만들어졌습니다.
사철 방식으로 제본된 책은 오랫동안 보관해도 손상되지 않습니다.

내 조카들

　　카밀라, 다니엘, 가브리엘,

　　　　아우로라, 그리고 발렌티나에게

　　　　　　　　　　루이스 세풀베다

이 이야기에 얽힌 사연

　나는 어릴 때부터 고양이를 좋아했다. 사실 동물이라면 가리지 않고 좋아하는 편이지만, 나와 고양이는 각별한 인연이 있다. 오래전, 나는 중국인 점성가를 만난 적이 있다. 솔직히 말해 나는 점쟁이들 말이라면 콩으로 메주를 쑨다 해도 곧이듣지 않는다. 자신의 운명은 자기가 알아서 책임지면 될뿐더러, 살다 보면 예상치 못한 일들이 많이 일어나기 마련인데 굳이 그들의 말에 귀 기울일 필요가 뭐 있겠는가? 하여간 그 중국인은 나를 보자마자 별점을 쳐주겠다고 했다. 더 이상 거절하기도 어렵고 해서 그렇게 하라고 했다. 그는 우선 내게 태어난 곳과 생년월일, 그리고 시(時)를 물어보더니만, 이상하게 생긴 기호와 숫자로 지도를 그리기 시작했다. 그러고는 한참 동안 눈을 감고 생각에 잠겼다. 마침내 그가 눈을 뜨면서 입을 열었다. 「선생은 오래전, 그러니까 전생에 아주 행복한 고양이였습니다. 중국의 어느 고관대작이 가장 아끼고 사랑하는 고양이였죠.」

　나의 먼, 아주 먼 조상이 중국인인 데다, 내가 어느 고
관대작이 가장 아끼는 고양이였다는 말을 듣고 나니
갑자기 귀가 솔깃해졌다. 잠시 후, 점쟁이는 구리로 만
든 고양이 인형 세 개를 나에게 선물로 주었다. 살이 포
동포동하게 찐 고양이였는데, 등 부분에 작은 구멍이
하나씩 나 있었다. 「잊지 말고 끼니때마다 이 고양이들
에게 먹을 걸 주도록 하세요.」 말을 마친 뒤, 그는 자리
에서 일어났다.

　나는 그가 당부한 대로 했고, 지금도 그렇게 하고 있
다. 때가 되면 잊지 않고 고양이 먹이를 조금씩 잘라서
구멍에다 집어넣어 준다. 지금도 이런 식으로 고양이들
과 각별한 관계를 맺고 있다고 생각하니 마음이 뿌듯
하다.

　나는 유독 고양이를 좋아한다. 왜냐하면 고양이는

자존심도 세고, 한곳에 매여 있기를 싫어하기도 하지만, 무엇보다 신비로운 느낌을 주기 때문이다. 내가 꼬맹이 믹스 — 참, 믹스는 내 아들 막스가 〈뮌헨 동물 보호 단체〉에서 입양해 온 고양이다 — 를 처음 만났을 때, 내 손바닥 크기도 안 되는 새끼 고양이가 어쩌면 그리도 의젓하고 당당한지 깜짝 놀랐다. 믹스는 우리 가족의 사랑을 듬뿍 받으면서 자랐다. 그런데 믹스가 크면서 다른 고양이들하고는 많이 다르게 생겼다는 사실을 알고 또 한 번 놀랐다. 믹스의 옆얼굴은 말하자면 섬세하게 깎아 놓은 그리스 조각상 같은 인상을 풍겼다. 그래서인지 거리에 데리고 나가면 모든 이들의 시선을 사로잡곤 했다.

　이 이야기를 읽다 보면 곧 알겠지만, 믹스는 참으로 기이한 운명을 타고난 모양이었다. 어떤 동물이라도 견디기 어려울 만큼 혹독한 시련을 겪었지만, 믹스는 단한 순간도 활기찬 모습을 잃지 않았다. 가르랑거리는 소리를 낼 때는 물론이고 — 다른 고양이들처럼 — 살그머니 사라질 때도 녀석은 여전히 행복에 겨운 표정이었다.

녀석을 볼 때마다 나는 이렇게 묻곤 했다. 「지금 뭘 생각하니, 믹스?」

물론 녀석은 아무 대답도 하지 않았다. 이어지는 이야기는 내 물음에 믹스가 어떤 대답을 했을까, 다시 말해 녀석의 침묵이 무슨 뜻일까를 상상하면서 쓴 글이다.

루이스 세풀베다
2012년 늦여름, 히혼[1]에서

---

1 Gijón. 스페인 북부 아스투리아스 주에 있는 해안 도시.

I

　물론 믹스는 막스의 고양이고, 막스는 믹스의 주인이라고 할 수도 있다. 하지만 나이가 들다 보면 한 사람이 다른 이나 어떤 동물의 주인이라고 하는 게 얼마나 그릇된 생각인지 깨닫게 된다. 차라리 막스와 믹스, 아니 믹스와 막스는 서로 좋아한다고 말하는 편이 훨씬 나을 것이다.

　막스와 믹스, 혹은 믹스와 막스는 뮌헨의 집에서 함께 살았다. 우리 집은 하늘 높이 치솟은 밤나무가 쭉 늘어선 거리에 자리 잡고 있었다. 보기만 해도 기분이 상쾌해지는 그 나무들은 여름에 시원한 그늘까지 드리워 주었다. 믹스는 나무들을 무척 좋아했던 반면, 막스는 두려워했다.

　믹스가 아주 어렸을 적의 일이다. 막스와 동생들이 한눈판 틈을 이용해서 녀석은 거리로 뛰쳐나갔다. 막상 밖으로 나가자 모험심이 발동한 녀석은 자기도 모

12

르는 사이에 밤나무 끝까지 올라가고 말았다. 가장 높은 곳에 올라간 것까지는 좋았는데, 아래를 내려다보니 정신이 아찔했던 모양이다. 더구나 내려갈 일을 생각하면 눈앞이 캄캄했을 것이다. 누군가 도와주기를 바라면서 녀석은 나뭇가지를 꽉 붙잡은 채 울기 시작했다.

어린아이에 불과했지만, 막스는 믹스를 구해야겠다는 생각에 무턱대고 나무 위로 올라갔다. 그러나 가장 높은 나뭇가지 위에 이르러 아래를 내려다보자 갑자기 눈앞이 아찔해지면서 현기증이 났다. 막스 또한 나무 꼭대기에서 오도 가도 못하는 신세가 되고 말았다.

이를 본 한 이웃이 소방서에 신고를 했다. 얼마 지나지 않아 소방관들이 사다리가 달린 커다란 소방차를 타고 몰려왔다. 그사이 막스의 동생들과 이웃 사람들, 그리고 우편배달부가 아래에서 소리를 질렀다.

「움직이지 마, 막스!」

「움직이면 안 돼, 믹스!」

반짝반짝 빛나는 헬멧을 쓴 소방 대장은 대형 사다리에 올라가기 전 대체 누가 막스고, 누가 믹스인지 물었다.

그러는 동안 막스는 가장 높은 가지에 간신히 몸을

14

의지한 채 믹스를 꼭 붙잡고 말했다.

　「믹스, 우리 때문에 난리가 났어. 그러니까 앞으로 다시는 나무 꼭대기까지 올라가지 않겠다고 약속해. 저 아래 있는 나뭇가지 타는 법을 배울 때까지는 말이야. 알았어?」

　막스가 그 높은 곳에서 꼭 다짐을 받아 내려고 한 것은 믹스를 진정한 친구로 여기고 있었기 때문이다. 그리고 친구라면 당연히 충고를 해줘야 하고, 잘한 일과 못한 일을 서로 솔직하게 털어놓을 줄도 알아야 한다고 믿었기 때문이다.

　소방관들 덕분에 둘은 무사히 내려올 수 있었다. 막스와 믹스는 소방대장으로부터 꾸지람을 듣고, 온몸에 밤꽃가루를 잔뜩 뒤집어쓴 채 집으로 돌아갔다.

2

믹스는 무럭무럭 자랐다. 어느새 잘생긴 젊은 고양이 — 등은 검은색이었지만 가슴 부분만 하얀색이었다 — 가 되더니, 얼마 지나지 않아 강하고 힘센 어른 고양이로 변해 있었다.

막스도 무럭무럭 자라서 어느덧 사춘기 소년으로 변해 있었다. 그 무렵 녀석은 매일 아침 자전거를 타고 학교에 갔는데, 믹스의 모래 상자를 갈아 주고, 믹스가 가장 좋아하는 생선 맛이 나는 먹이를 그릇에 부어 주고 나서야 집을 나섰다.

막스는 믹스를 정성껏 돌보아 주었다. 믹스는 믹스대로 행여 쥐들이 막스가 가장 좋아하는 초콜릿 맛 시리얼 상자에 가까이 올까 찬장 앞을 지켰다.

물론 집 안에 쥐들이 돌아다니거나 하는 일은 없었다. 그러나 믹스는 누가 시키지도 않았는데 자기가 경비원이라도 되는 것처럼 찬장 앞을 떠나지 않았다. 그

건 막스를 진정한 친구로 여기고 있었기 때문이다. 그리고 친구라면 서로가 가장 좋아하는 것을 소중히 지켜 줘야 한다고 믿었기 때문이다.

어느 날 오후, 집에 놀러 온 막스의 친구가 믹스의 얼굴에 관해 무슨 말을 했다. 친구가 가자마자, 막스는 사전의 〈ㅊ〉 부분을 펼쳐 〈측면〉이란 단어를 찾았다. 거기엔 오래된 그림들이 여러 개 실려 있었다. 그림을 보자 기분이 좋아진 막스는 곧장 믹스를 불렀다. 믹스를 탁자 위에 올려놓고는 사전에 나온 그림을 보여 주었다.

「봐, 믹스. 내 친구 말이 맞아. 네 측면, 그러니까 네 옆얼굴을 보면 마치 그리스 조각상 같다니까.」

그건 사실이었다. 믹스는 그리스 조각상처럼 반듯하게 생긴 데다, 노란색이 도는 커다란 눈망울이 아주 멋진 고양이였으니까.

막스는 가끔 믹스 앞에다 고대 그리스에 관한 책을 펼쳐 놓고는, 아가멤논이나 아킬레우스, 율리시즈, 그리고 메넬라오스와 같은 사람들에 대해 이야기해 주곤 했다. 책에 나온 이들은 모두 믹스와 비슷한 생김새를 가지고 있었다.

막스가 믹스를 불러도 나타나지 않을 때가 종종 있

었다. 그럴 때면 막스는 당장 밖으로 나가 신문 파는 이나 우편배달부를 붙잡고 물어보았다.

「등은 검고 가슴이 하얀 고양이 혹시 못 보셨어요?」

「아, 그리스 조각상처럼 생긴 그 고양이 말이니? 물론 봤지. 아까 밤나무에 올라가더니만 지붕 위로 뛰어내리지 뭐냐. 그 그리스 조각상 고양이 말이다, 보기보다 날래더구나.」

그런 말을 듣고 나면 막스도 한결 마음이 놓였다. 지붕 위를 맘껏 돌아다니면서 자유를 만끽하다가, 때가 되면 알아서 돌아오리라는 것을 잘 알고 있었기 때문이다. 진정한 친구라면 서로의 자유를 존중해 줄 줄도 알아야 한다고 믿었기 때문이다.

3

　고양이들의 시간은 사람의 시간과는 다르다. 세월이 흘러, 막스는 서서히 꿈 많은 청년으로 변해 갔다. 믹스도 변했는데, 서서히보다는 좀 빠르게 늙은 고양이가 되어 갔다.

　막스는 생각했다. 어떤 새도 태어날 때부터 날지는 못하지만, 하늘의 유혹이 추락의 두려움보다 더 강해지는 순간이 오면 자연히 날개를 펴는 법이다. 그래서 막스는 열여덟 살이 되자 부모의 품에서 벗어나 독립하기로 마음먹었다. 부모의 도움을 받아 그는 가로수가 우거진 조용한 동네에 집을 얻었다.

　「믹스, 이제 우리 둘만의 집이 생겼어. 엄마 아빠도, 그리고 동생들하고도 떨어져 지내야 하니까 가끔 서글픈 생각이 들겠지. 하지만 믹스, 내 곁엔 늘 네가 있으니까 절대로 외롭진 않을 거야.」

　막스는 5층 건물의 꼭대기 층에 있는 새집의 문을

열면서 말했다.

믹스는 새로운 환경에 예상했던 것보다 더 빨리 적응했다. 그리고 언제나 창턱에 앉아 고양이 특유의 표정으로 창밖을 유심히 바라보곤 했다.

믹스에게는 드넓은 하늘 아래에서 자유롭게 돌아다니는 것이 무엇보다 소중했다. 이를 잘 알고 있는 막스는 믹스가 가끔 산책이라도 할 수 있도록 지붕으로 이어진 통풍문을 열어 놓았다. 진정한 친구라면 상대편이 답답해하는 것이 뭔지 이해하고 도와줄 수 있어야 한다고 믿었기 때문이다.

믹스는 매일같이 지붕 위를 돌아다녔다. 그리고 집으로 돌아오면 가르랑거리는 소리와 함께 막스의 다리에 몸을 비비면서 고마운 마음을 전하기도 했다. 그렇게 둘은 작은 집에서 사이좋게 지냈다. 막스가 수학이나 화학, 물리학을 공부하고 있으면, 믹스는 그의 발치에 자리를 잡고 이런저런 생각에 잠겼다. 가령 자기가 올라갔던 나무가 몇 그루였던지 헤아려 보거나, 깨알같이 보일 정도로 높이 날던 새들과 비로 온몸이 흠뻑 젖었던 일, 그리고 하얀 눈을 밟을 때마다 나던 사각거리는 소리를 떠올리곤 했다. 진정한 친구라면 침묵을 나눌 줄도 알아야 하니까 말이다.

막스는 눈이 도시를 하얗게 뒤덮는 동안에도 공부했다. 그는 파릇파릇한 새싹이 나뭇가지에서 돋기 시작하는 것도, 봄이 다가오고 있다는 것도 모른 채 공부에 열중했다. 막스는 환한 햇살이 방 안 가득 들어오도록 창문을 활짝 열고 공부했다. 그리고 낮이 짧아지고 겨울이 가까워지면서 거리가 온통 잿빛으로 바뀌는 동안에도 계속 책만 읽고 있었다. 자신의 꿈을 이루기 위해선 노력해야 한다는 걸 누구보다 잘 알고 있었기 때문이다. 〈세상은 왜 이럴까? 어떻게 하면 더 좋아질 수 있을까?〉 이렇듯 막스는 뭔가를 깨닫기 위해 늘 노력했다. 반면 믹스는 이제 시시해졌는지 더 이상 지붕 위를 돌아다니지 않았다. 그리고 날씨가 쌀쌀해지고, 해가 짧아지는 것도, 또 집 안에 있는 물건에 뽀얗게 김이 서리는 것도 모두 자기 탓이라고 생각했다.

4

어느 겨울 날, 누군가 문을 두드렸다. 늘 그랬듯이 믹스는 손님을 맞이하려고 문 쪽으로 갔다. 막스가 자리에서 일어나려는데, 어슬렁거리며 복도로 지나가는 믹스의 모습이 보였다. 그리고 도서관에 반납할 책을 넣어 둔 상자가 언뜻 눈에 띄었다. 보통 때 같으면 저렇게 바닥에 내팽개쳐 두지는 않았을 텐데……. 바로 그 순간 설마 하던 일이 일어났다. 믹스가 그 상자와 부딪치고 만 것이다. 그 모습을 보자 막스의 가슴이 철렁 내려앉았다.

막스는 누가 왔는지 신경 쓸 겨를이 없었다. 왠지 불길한 느낌이 들었기 때문이다. 그래서 믹스를 품에 안고 한 걸음에 동물 병원으로 달려갔다. 그런데 전혀 예상하지 못했던, 정말이지 끔찍한 진단 결과가 나왔다. 믹스가…… 앞을 못 보게 됐다는 것이다.

그날 이후, 모든 게 제 자리에 놓이게 되었다. 만약

의자를 옮겼다면, 다시 원래 있던 자리로 갖다 놓아야 했고, 또 믹스가 자유롭게 돌아다닐 수 있도록 항상 문을 열어 놓아야 했다. 진정한 친구라면 불편한 점이 없도록 보살펴 줄 수 있어야 하니까.

졸지에 앞을 못 보게 된 믹스는 이제 더 이상 지붕 위를 돌아다닐 수가 없었다. 몸이 좀 굼떠지기는 했지만 그래도 믹스는 집 안 곳곳을 돌아다녔다. 더구나 고양이 특유의 후각과 기억력 덕분에 모래 상자와 가장 좋아하는 먹이가 담긴 밥그릇 정도는 어렵지 않게 찾아낼 수 있었다.

막스가 공부할 때면 언제나 믹스는 그의 발치에 자리를 잡았다. 막스가 손가락으로 책장을 넘기고, 중얼거리면서 책을 외우면, 자기도 공부를 하고 싶은지 귀를 쫑긋 세우고 들었다. 믹스는 앞을 못 보게 된 대신 귀가 엄청나게 밝아지는 모양이었다. 심지어는 볼펜 소리와 연필 소리도 구분할 정도였으니까. 옆집에는 음악을 공부하는 여학생이 살고 있었는데, 그녀가 연주하는 음악을 듣는 것이 믹스에게는 가장 큰 기쁨이자 낙이었다. 그녀의 바이올린 소리가 들리면 턱을 바닥에 괸 채 〈오늘은 바흐를 어떻게 연주할지 한번 들어 볼까〉 하는 표정을 지었다. 그리고 졸음이 밀려오

면서 믹스의 뿌연 눈망울에도 행복의 빛이 어른거렸다.

귀가 얼마나 밝아졌는지 믹스는 아래층에 사는 사람들의 목소리도 들을 수 있었다. 믹스가 우연히 듣게 된 건 대충 이런 이야기들이었다. 누군가 〈난 마가린이 싫다니까요〉라고 하자, 어떤 여자가 앙칼진 목소리로 〈요즘 버터가 얼마나 비싼지 알기나 해!〉라고 고함을 질렀다. 또 누군가는 면도기 때문에 피부가 엉망이 됐다고 투덜거리기도 했다. 언젠가 2층에 사는 사람은 아이들이 말썽을 부리는 통에 살 수가 없다고 푸념을 늘어놓다가, 애완용 멕시코 생쥐들이 모두 도망쳐버렸다고 고함을 지르기도 했다.

멕시코 생쥐는 어떻게 생겼을까? 믹스는 몹시 궁금해졌다. 그러나 바로 그때 자기가 좋아하는 먹이를 그릇에 붓는 소리가 들리자 언제 그런 생각을 했느냐는 듯이 주방으로 달려갔다.

5

어느 날 아침, 믹스는 자기의 등을 부드럽게 쓰다듬어 주는 막스의 손길을 느꼈다. 이어 그의 목소리가 들렸다.

「믹스, 지금 당장 좀 먼 곳에 있는 도시로 가야 해. 먹이는 밥그릇에 새로 부어 놓았으니까 먹도록 해. 그리고 난 내일쯤 돌아올 거야.」

믹스는 대답 대신 가르랑거리는 소리를 냈다. 막스가 입사 면접을 보러 간다는 걸 믹스는 이미 알고 있었기 때문이다. 전날 밤, 막스는 믹스의 배를 쓰다듬어 주면서 여러 군데에서 입사 제의를 받았는데, 그중 대우가 가장 좋은 쪽으로 가겠다고 했다.

「믹스, 내가 바라는 대로만 되면, 당장 큰 집을 얻을 거야. 네가 마음껏 돌아다닐 수 있도록 말이야. 어떠니, 믹스? 아무래도 넓은 집이 좋지 않겠니?」

믹스는 대답 대신 몸을 쭉 뻗었다. 진정한 친구라면

꿈과 희망을 서로 나눌 줄 알아야 하니까 말이다.

막스가 문을 닫고 나가자, 집 안이 온통 깊은 정적에 잠겼다. 그 순간 짙은 안개가 스멀스멀 피어오르던 어느 가을날의 정경이 믹스의 눈앞에 떠오르기 시작했다. 자욱하게 뒤덮인 안개로 인해 집이나 거리는 그 형체를 분간할 수조차 없었다. 밤나무 꼭대기만 잿빛 바다의 섬처럼 안개 위에 둥둥 떠 있었다.

믹스는 라디에이터 가까운 곳에 자리를 잡고 누웠다. 녀석은 그러고도 한참 동안 몸을 이리저리 뒤척이더니, 마침내 편안한 자세를 찾았는지 눈을 스르르 감았다. 믹스가 눈을 감으면, 눈앞을 부옇게 뒤덮었던 안개가 걷히기 시작했다. 그러고 나면 그동안 소중히 쌓아 온 기억들을 선명하게 떠올릴 수 있었다.

믹스는 새를 잡아 본 적이 한 번도 없다. 하지만 전에 부리에 빛나는 무언가를 물고 저 먼 곳에서 둥지로 날아가는 까치 한 마리를 따라갔던 일이 생각났다. 그리고 무리 지어 하늘 높이 날아가던 찌르레기들을 망연히 지켜보던 장면이 아스라이 떠올랐다. 수천 마리의 자그마한 검은 새들이 하나의 거대한 몸뚱이를 이루며 하늘을 날아가는 것처럼 보였다. 라디에이터에서 나오는 온기 때문인지 이 세상에서 가장 추운 곳을

피해 남쪽으로 무겁게 날아오르던 거위들의 모습이 눈앞에 어른거리기 시작했다. 거위들이 날아간다는 건 겨울이 다가오고 있다는 신호였다.

따뜻한 라디에이터 앞에서 정겨운 옛 추억을 더듬다 보니 기분이 한결 좋아졌다. 그런데 그때 어디선가 발자국 소리가 희미하게, 아주 희미하게 들리기 시작했다. 빠르게 다가오다가 갑자기 멈춰 서더니, 또 다시 다가오고 있었다.

믹스는 누운 자세로 몸에 힘을 주었다. 눈을 감은 채 믹스는 귀를 쫑긋 세우고, 수염을 이리저리 움직였다. 정확히 알 수는 없었지만 다가오고 있는 것에서 종이 냄새가 났다. 막스가 과학을 공부할 때 읽던 책

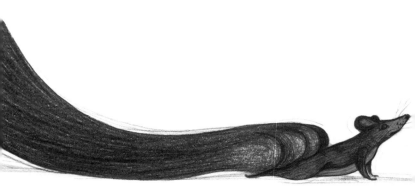

에서 나던 바로 그 냄새였다.

그 순간 믹스는 재빨리, 한창때만큼이나 빠르게 앞발을 뻗어 발바닥으로 그것을 붙잡았다. 그것은 믹스의 발에서 벗어나려고 발버둥을 쳤다. 하지만 믹스는 움직이지 못하도록 발로 지그시 눌렀다.

「음…… 도대체 네놈의 정체가 뭐지?」 믹스는 고양이나 생쥐 같은 지붕의 주민들이 쓰는 언어로 물었다.

그의 발아래에 깔린 건 바로 생쥐였다. 작은 생쥐는 믹스의 손아귀에서 빠져나오기 위해 안간힘을 썼지만 허사였다. 그러나 몸집도 작고, 힘도 없는 나약한 생쥐에 불과한 녀석은 생각보다 훨씬 영리했다. 녀석은 고양이에 관해 알고 있던 모든 것을 빠르게 떠올렸다. 특히 고양이들이 가장 싫어하는 게 뭔지 골똘히 생각했다.

「고양이님, 전 보잘것없는 민달팽이랍니다. 사실 전 침을 질질 흘리고 다녀서 온몸이 늘 축축하고 지저분해요. 게다가 구역질이 날 정도로 흉측하게 생겼답니다. 어지간해서는 제 자신도 거울을 볼 엄두가 나질 않아요. 제가 봐도 무섭고 역겹거든요. 정말이에요. 전 정말 못생겼답니다. 아마 이 세상에서 제일 흉하게 생겼을 거예요. 그래서 간절히 바라옵건대 제발 눈만

뜨지 말아 주세요. 만에 하나 제 모습을 봤다가는 고양이님이 어떤 손해를 보실지 모르니까요. 아마 입맛이 떨어지고, 밤마다 악몽을 꾸실지도 몰라요. 아! 전왜 이렇게 흉한 몰골로 태어난 걸까요?!」

하지만 믹스는 생쥐의 꾀에 쉽게 넘어가지 않았다. 믹스는 여전히 녀석을 발로 누른 채, 다른 발로 생쥐의 머리와 자그마한 귀, 그리고 등과 꼬리를 더듬었다.

「그러니까 귀하고 꼬리도 있고, 수염도 난 민달팽이란 말이구나. 근데 말이야, 난 민달팽이가 이렇게 생쥐랑 닮았으리라곤 상상도 못했지 뭐니. 더군다나 말도 청산유수고 말이야.」

이제 모든 게 끝이라는 생각에 생쥐는 눈앞이 캄캄해졌다. 하지만 생쥐는 다시 정신을 차리고, 전에 책장꼭대기에 숨어 몰래 봤던 장면을 떠올렸다. 막스가 방에 들어왔는데 볼펜이며 종이가 바닥 여기저기에 흩어져 있었다. 막스는 두 손으로 머리를 감싸 쥐면서화난 표정으로 고함을 질러 댔다. 그러자 그리스 조각상처럼 생긴 믹스가 가르랑거리는 소리를 내며 막스의 발치에 벌렁 드러누웠다. 말 대신 애교로 자백을 한셈이다. 녀석의 모습을 보고 화가 풀린 막스는 빙긋이웃으며 말했다. 「알았어, 믹스. 친구 사이라면 사실대

로 털어놓을 줄 알아야 하니까.」 그러고는 믹스를 사
랑스럽게 쓰다듬으면서 녀석이 가장 좋아하는 먹이를
주었다.

「네, 맞아요. 고양이님 말대로, 전 생쥐랍니다. 고양
이님한테야 저 같은 생쥐가 가장 당기시겠죠. 물론 맛
으로 따지면 저보다 훨씬 더 구미가 당기는 것도 많겠

지만요. 이렇게 아무것도 숨기지 않고 사실대로 털어
놓으면…… 그 보상으로 뭔가 주는 게 있지 않나요?」

　믹스는 우선 생쥐를 풀어 놓은 다음, 천천히 말을 꺼
냈다.

　「난 네가 생쥐라는 걸 진즉부터 알고 있었어. 그리
고 책장 꼭대기에 살고 있다는 것도 말이야. 매일같이
찬장으로 달려가서 바닥에 떨어진 시리얼을 먹는다는
것도 잘 알고 있단다. 넌 내가 앞을 못 본다는 걸 알고
있었어. 그렇지? 하지만 난 말이야, 이 귀와 코를 통해
무슨 일이 일어나는지 훤히 알 수 있단다. 생쥐야, 솔
직히 말해서 넌 내가 하나도 안 무섭지?」

　「솔직히 말하면 전 고양이님이 너무 무서워요. 사실
전 겁이 굉장히 많은 편이랍니다. 고양이님의 그림자

만 봐도 온몸이 벌벌 떨릴 정도라니까요. 하지만 정말로 배가 고프면 눈에 뵈는 게 없어지죠. 조금 전까지만 해도 전 고양이님이 앞을 못 본다고 믿고 싶었어요. 왜냐하면 저기 주방 테이블 위에 아주 맛있어 보이는 뮤즐리[1]가 있거든요. 정말, 너무너무 맛있게 보여요. 전 말이에요. 맛있는 것만 보면 정신을 못 차리니까요. 정말이에요. 지금까지 제가 한 말에는 한 치의 거짓도 없어요. 모두 사실이에요…… 사실대로 털어놓은 데 대한 보상으로 뭔가 주는 게 있지 않나요?」

「알았어. 하지만 그 전에 네가 어떻게 생겼는지 말해 보거라.」

그러자 생쥐는 자기가 어떻게 생겼는지 자세히 설명하기 시작했다. 우선 털은 옅은 밤색인데, 목에서 엉덩이까지 하얀색의 줄무늬가 나 있다고 했다. 그리고 짧은 수염에, 꼬리는 가느다랗고, 코는 진홍빛이라는 말도 덧붙였다.

「간단히 말해서, 전 생쥐치곤 아주 잘생긴 편이에요. 수려한 용모에 부드러우면서도, 적당히 차가운 이미지도 갖춘 생쥐죠. 사실 전 멕시코 생쥐랍니다. 원래

---

1 muesli. 볶은 곡물과 견과, 그리고 말린 과일 등을 섞어 우유와 함께 먹는 아침 식사.

는 아래층에 있는 어떤 집에서 동생들과 함께 살았는데요, 유리로 된 우리에 갇힌 채 마스코트처럼 사는 게 너무 싫었어요. 그래서 기회를 엿보다가 어느 날 함께 도망쳤죠. 동생들은 모두 거리로 달아났지만, 전 애당초 위쪽으로 가기로 마음먹고 있었죠. 지금 이 집으로 말이에요. 물론 고양이님을 성가시게 할 생각은 전혀 없었어요. 그리고 전 보기보다 굉장히 영리한 편이랍니다. 아마 고양이님이 생각하는 것보다 훨씬 더 똑똑할 거예요. 중요한 걸 아주 많이 알고 있죠. 그래서 말인데요, 혹시 저기 있는 뮤즐리, 맛있는, 너무너무 맛있는 저 뮤즐리를 먹게만 해주신다면 제가 알고 있는 걸 고양이님께 알려 드릴게요.」

　「좋았어, 생쥐 군. 당장 가서 뮤즐리를 맘껏 먹으라고. 하지만 그것만 먹어야 돼. 괜히 딴짓했다가는 혼날 줄 알아.」믹스가 말했다. 말이 떨어지기가 무섭게 주방으로 달려가는 생쥐의 발소리가 들렸다.

6

　다음 날, 막스가 집에 오기 전, 믹스는 라디에이터 바로 앞에 자리를 잡고 편안하게 누워 있었다. 그런데 갑자기 생쥐 녀석이 책장 꼭대기에서 쪼르르 내려오는 소리가 들리더니, 자기 옆으로 살금살금 다가오고 있었다.

　「생쥐, 자네로군! 그런데 오늘은 어째서 아무 말도 없는 거지?」 궁금해진 믹스가 먼저 말을 꺼냈다.

　「여태 아무 말도 하지 않고 뒷발로 선 채 수염만 까딱거리고 있었답니다. 오늘따라 기분이 울적해서요. 아, 고양이님, 정말로 너무 우울해요. 전 이 세상에서 가장 우울한 생쥐랍니다. 아, 제 처지가 한없이 서글퍼지기만 해요. 그런데 제가 왜 이리 슬퍼하는지 알고 싶지 않으세요? 힌트를 약간 드리죠. 이유는 두 가지랍니다.」

　「내가 굳이 안 물어봐도 알아서 얘기할 것 아닌가.」

「그거야 그렇죠. 사실 제 기분이 우울한 첫 번째 이유는 제 이름이 없어서랍니다. 고양이님의 이름은 믹스고, 또 고양이님에게 먹이를 주는 젊은 남자는 막스잖아요. 그런데 저만 이름이 없어요. 저야 그저 생쥐에 불과하니까요. 만약 고양이님이 큰 소리로 〈생쥐야〉 하고 부르면, 수백만 마리의 생쥐들은 고양이님이 자기들하고 말하는 줄 알 거예요. 저하고가 아니라요. 저도 이름을 갖고 싶단 말이에요!」

믹스는 눈을 지그시 감은 채 생각에 잠겼다. 따지고 보면 찍찍거리는 목소리를 가진 이 쪼그만 설치류의 말도 일리가 있었다. 가끔 집에 손님이 찾아왔을 때, 믹스도 녀석과 비슷한 기분을 느낀 적이 있다. 손님들은 믹스를 보면 이름 대신 그냥 〈야옹아〉라고 부르는 경우가 허다했다. 「야옹아, 이리 와보렴.」 손님이 아무리 상냥하게 굴어도, 막스가 자기의 이름을 불러 줄 때만큼 푸근한 느낌을 주지는 못했다. 그렇다고 믹스가 뭔가 큰 걸 바랐던 건 아니다. 단지 〈믹스!〉라고 불러만 줘도 당장 가까이 다가가서, 함께 즐겁고 아늑한 시간을 보낼 수 있었을 텐데…….

「그럼 이렇게 하는 게 어떨까? 넌 멕시코 생쥐니까, 지금부터 널 멕스라고 부를게. 멕스, 어때? 마음에 드니?」믹스가 녀석의 기분을 달래 주려고 말했다.

「기가 막힌 이름이에요! 멕스라…… 제가 정말 갖고 싶던 이름이라고요. 그런데 고양이님, 제게 또 다른 고민이 있는데…… 말씀드려도 될까요?」

믹스는 한숨을 내쉬며 고개를 끄덕였다. 새 이름을 갖게 된 덕분에 기분이 들뜬 멕스가 장황하게 수다를 떨기 시작했다. 저 높은 곳, 그러니까 녀석의 손이 닿지 않는 곳에 있는 음식에서 달콤하고 맛있는 냄새가 솔솔 풍기고 있다는 얘기였다.

「멕스, 무슨 말을 하고 싶은 거야?」믹스가 말했다.

「좋아요. 말할게요. 찬장 안에 맛있는 시리얼 상자가 하나 있어요. 정말이지 너무너무 맛있는 시리얼이에요. 둘이 먹다 하나가 죽어도 모를 정도로 맛있다니까요. 숲에서 나온 빨간 열매까지 들어가 있는 데다, 또 얼마나 바삭바삭한지 모른답니다. 하지만 아무리 먹고 싶어도 그곳까지 갈 수가 없어요. 찬장 가장 높은 곳에 있거든요. 아, 그걸 먹을 수만 있다면 얼마나 좋을까요. 그렇게 맛있는 걸 냄새만 맡고 있자니 가슴이 찢어질 듯 아프답니다.」

멕스가 푸념을 늘어놓았다.

「멕스, 라디에이터 위에 뭐가 있는지 알려 줄래?」

갑자기 믹스가 녀석의 말을 끊고 물었다.

「그 위에 창문이 하나 있고요, 창턱 위에는 화분이 두 개 놓여 있어요. 그리고 창문 너머에는 물론 길이 있죠.」

멕스가 위를 올려다보며 말했다.

믹스는 멕스에게 당장 창턱 위로 올라가서 유리창 너머로 뭐가 보이는지 말해 달라고 했다.

멕스는 시키는 대로 창턱으로 올라가서 창밖을 내다보았다. 그리고 밤사이 내린 눈으로 하얗게 변한 거리의 모습을 하나씩 설명하기 시작했다. 우선 가까이

있는 나무에 까치집들이 있고, 나뭇가지에는 이파리가 하나도 없다고 했다. 하지만 추위로 얼어붙은 나뭇가지가 마치 유리로 만든 조각처럼 보여서 그렇게 서글퍼 보이지는 않는다고 덧붙였다. 또 어떤 남자가 눈길에 깊은 발자국을 남기면서 걸어가고 있고, 한 아주머니는 물건을 잔뜩 실은 카트를 힘겹게 끌고 있다고 했다. 그리고 가녀린 노란색 동물처럼 생긴 자전거 한 대가 우체국 앞에 세워진 채 눈을 맞고 있다고 했다. 멕스의 이야기를 귀담아듣고 있던 믹스의 머릿속에 눈으로 하얗게 덮인 지붕과 굴뚝에서 피어오르는 연기, 그리고 행여 미끄러질세라 엉금엉금 기다시피 하는 자동차들의 모습이 차례대로 스쳐 지나갔다. 다행히 멕스 녀석 덕분에 영원히 잊지 못할 행복한 순간과 장면들이 눈앞으로 ─ 이제는 쓸모없어진 눈이었지만 ─ 선명하게 떠오르는 듯했다. 바로 그때 멕스가 저 멀리, 아주 먼 곳에 커다란 양파 두 개가 탑 위에 얹혀 있다고 했다. 그 말을 듣자 믹스의 입가에 미소가 피어올랐다. 녀석의 눈에는 〈성모 마리아 대성당〉[2]의 둥근 지붕이 양파처럼 보였던 모양이다. 특히 쌍둥이

2 Der Dom zu Unserer Lieben Frau. 뮌헨에 있는 가톨릭교회로 흔히 〈프라우엔 성당Frauenkirche〉이라고 불린다.

탑은 뮌헨에 사는 고양이라면 누구나 한 번쯤 올라가기를 꿈꾸는 곳이기도 하다.

「그리고 하늘에서 탐스럽게 생긴 눈송이들이 내리고 있어요. 근데 제 눈에는 저 눈이 꼭 맛있는 시리얼처럼 보인답니다. 이 세상에서 제일 맛있는 시리얼 말이에요. 안 먹어 본 이는 얼마나 맛있는지 꿈도 못 꿀 거예요.」

녀석이 한숨을 내쉬며 말을 마쳤다.

「그럼 찬장으로 가보자꾸나.」

믹스가 말했다. 찬장 앞에 이르자, 믹스는 그 시리얼 상자가 몇 번째 선반에 있는지 알려 달라고 했다.

멕스가 알려 준 대로, 단번에 찬장을 타고 올라간 믹스는 두 발로 간신히 세 번째 선반 끄트머리를 붙잡았다. 그 위로 고개를 들이밀자 사과와 귤, 그리고 호두 냄새가 코로 스며들었다. 믹스는 몸을 쭉 뻗어 발로 시리얼 상자를 툭툭 쳐서 바닥으로 떨어뜨린 뒤, 다시 바닥으로 뛰어내렸다. 믹스는 한 발로 상자를 잡은 채, 다른 발로 뚜껑을 연 다음, 눈송이처럼 생긴 바삭바삭한 시리얼을 듬뿍 꺼냈다.

「이건 이 세상에서 가장 맛있는 시리얼이에요. 이보다 더 맛있는 시리얼은 절대로 없을 거예요.」

녀석은 뒷발로 선 채 같은 말을 되풀이했다. 그러고
는 바닥에 엎질러진 시리얼에 달려들어 먹기 시작했다.

믹스는 녀석이 허겁지겁 맛있게 먹는 소리를 듣고
있었다. 진정한 친구라면 아무리 사소한 즐거움이라
해도 함께 나눌 줄 알아야 하는 법이다.

7

정오가 지난 지 얼마 되지 않아 막스가 돌아왔다. 복도에서 그의 발자국 소리가 들렸다. 곧이어 문이 열리고, 그가 열쇠 꾸러미를 현관 테이블 위의 바구니에 던져 넣는 소리가 났다. 막스가 눈에 젖은 구두를 벗는 동안 그의 숨결이 느껴졌다.

「배고파 죽을 지경이야, 믹스!」 막스는 집 안에 들어서자마자 주방으로 갔다. 하지만 바닥에 흩어져 있는 시리얼을 보자 눈이 휘둥그레졌다. 「저런! 어떤 놈이 또 찬장에서 난장판을 벌였군. 대체 누가 그랬을까? 확실히는 몰라도, 아마 털북숭이다, 얼굴이 그리스 조각상처럼 생긴 친구가 아닐까 싶은데.」

잘못을 저질렀을 때마다 그랬듯이, 믹스는 가르랑거리는 소리를 내며 그에게 다가갔다. 그리고 그의 발치에 이르자 벌렁 드러누워 애교를 부렸다.

「믹스, 그러다 다치면 어쩌려고 그래.」 막스가 녀석

의 배를 부드럽게 쓰다듬으면서 타일렀다. 「그렇게 시리얼이 좋으면 후식으로 매일 조금씩 주도록 할 테니까 이제 절대로 올라가면 안 돼. 알았니?」 그가 말했다.

믹스는 말 대신 자기만의 방식으로 사실을 털어놓았다고 생각했지만, 속으로 뭔가를 감추고 있자니 기분이 영 찜찜했다. 아무리 사소한 것이라고 해도 친구 사이라면 숨겨서는 안 되는 법인데…….

천천히 책장으로 걸어간 믹스는 그 앞에 앉아 꼭대기 어딘가를 쳐다보면서 야옹거리기 시작했다.

「믹스, 책을 달라는 거니? 책은 뭐 하려고? 넌 글을 못 읽잖아. 더군다나…….」

대답 대신 믹스는 갑자기 앞발로 아래 칸에 있는 책을 짚고서 뒷다리로 일어섰다. 그리고 저 위쪽에서 눈을 떼지 않은 채 계속 야옹야옹 울어 댔다.

「그건 페니모어 쿠퍼의 『모히칸족의 최후』란 책인데.」 막스가 책 제목을 알려 주었지만 믹스는 여전히 야옹거리기만 했다.

하는 수 없이 막스는 제일 위쪽에 꽂혀 있는 책들의 제목을 순서대로 일러 주었다. 잭 런던의 『하얀 송곳니』, 마크 트웨인의 『허클베리 핀의 모험』, 셀마 라게를뢰프의 『닐스의 신기한 여행』, 미하엘 엔데의 『끝없는 이야기』 등등. 그런데 왼쪽 가장자리의 책 쪽으로 갈수록, 믹스의 야옹거리는 소리도 훨씬 더 부드럽고, 밝아지기 시작했다.

마침내 파란색 표지로 된 쥘 베른의 『80일간의 세계 일주』에까지 이르렀다. 그러자 믹스는 다시 가르랑거리는 소리를 내며 친구의 발치에 드러누웠다. 책장에서 그 책을 꺼내는 순간, 막스는 너무 놀라 눈만 껌벅거렸다. 눈으로 보고도 도저히 믿기지가 않았다. 밝은 밤색의 자그마한 생쥐 한 마리가 종잇조각으로 만든 둥지 안에서 앞발로 눈을 가린 채 웅크리고 있는 게 아닌가! 자기 딴에는 겁이 났던 모양이다.

그러자 믹스는 가르랑거리는 소리를 내며 막스의 다리에 몸을 비비기 시작했다.

「저런! 우리 집에 새 손님이 오셨구나. 나도 어렸을 때, 숨는답시고 손으로 눈을 가린 적이 있었어. 그러면 남들 눈에 안 띌 줄 알았지. 믹스, 혹시 너 이 가엾은 생쥐를 잡아먹으려고 했던 건 아니겠지?」 그 순간 막스의 머릿속으로 주방 바닥에 어질러져 있던 시리얼이 퍼뜩 떠올랐다. 「믹스, 저 시리얼 말이야, 생쥐한테 주려고 그랬던 거니?」

막스는 바들바들 떨고 있는 작은 생쥐를 손바닥에

담아 바닥에 내려놓았다. 그러자 생쥐는 조르르 고양이의 품속으로 달려가 몸을 숨겼다.

「네게 새 친구가 생겼구나, 믹스. 축하해. 참, 마침 잘됐어. 사실 나 말이야, 며칠 후에 또 집을 비울 일이 생겼거든. 내가 없어도 생쥐 친구하고 놀면 되니까 심심하지 않겠지, 믹스? 자, 이제 우리도 식구가 셋으로 불어났네.」 말을 마친 막스는 작은 그릇 하나를 믹스 옆에 갖다 놓았다. 큰 그릇에는 생선 맛이 나는 먹이를, 그리고 작은 그릇에는 생쥐가 가장 좋아하는 시리얼을 듬뿍 부어 주었다.

8

끝날 것 같지 않던 긴 겨울이 지나가자, 낮 시간이 서서히 길어지기 시작했다. 그 무렵 막스도 원하던 직장에 들어갔다. 첫 출근 날, 막스는 기분이 아주 좋아 보였다. 집을 나서기 전, 그는 믹스의 등을 부드럽게 어루만져 준 뒤, 멕스의 머리도 쓰다듬어 주었다.

「믹스, 그리고 멕스. 내가 일을 잘할 수 있도록 빌어 줘. 오늘부터 내가 가진 모든 것, 그리고 내가 할 수 있는 모든 걸 보여 줘야 하니까 말이야.」 막스가 문을 닫으며 말했다.

그러자 작은 생쥐는 쪼르르 창턱으로 올라가 밖의 모습을 믹스에게 말해 주었다.

「방금 막스가 들고 간 쓰레기봉투를 통에 넣었어요. 그리고 지금은 자전거 자물쇠를 풀고 있고. 이 세상에서 제일 멋진 자전거예요. 언제 봐도 훌륭한 자전거라니까. 이제 페달을 밟기 시작해요. 와! 페달을 얼마나 힘차게 밟는지 몰라요, 믹스! 역시 우리 막스라니까.」

멕스는 열을 올리며 막스의 일거수일투족을 알려 주었다.

그러나 믹스는 하늘과 거리, 그리고 앞마당의 풀밭이 어떤지 알고 싶었다.

「하늘은 구름 한 점 없이 맑아요. 투명하다고 할 정도예요. 거리엔 자동차와 자전거들이 많이 지나다니고 있고요, 사람들은 서로 아침 인사를 나누고 있어요. 그리고 정원에는 하얀 꽃들이 예쁘게 피어나기 시작했네요. 마치 맛있는 시리얼처럼 생긴 꽃들이요…….」

그리고 밤나무 가지에 파릇파릇한 새순이 돋아나기 시작했고, 까치 둥지에 새끼 세 마리의 자그마한 머리가 엿보인다는 말도 덧붙였다. 이제 나뭇가지에 새파란 이파리들이 피어나고, 어린 새들이 생전 처음 하늘을 날아다닐 날도 멀지 않은 듯했다.

오전 시간은 그렇게 조용히 지나갔다. 멕스는 창턱에 두 발로 서서 밖에서 일어나는 일을 미주알고주알 알려 주고 있었다. 반면 믹스는 자기가 제일 좋아하는 자리에 누운 채 녀석의 말을 하나도 빼놓지 않고 듣고 있었다.

정오가 됐을 무렵, 갑자기 대문 앞에서 인기척이 들

리자 둘은 깜짝 놀라 자리에서 벌떡 일어났다. 처음엔 막스인 줄 알았다. 뭔가를 놓고 가는 바람에 다시 집에 온 거라고 생각했다. 하지만 믹스는 그가 아니라는 걸 금세 알아차렸다. 막스의 발걸음은 저보다 더 경쾌하고 자신감에 차 있으니까 말이다. 그러나 지금 문 앞에서 들리는 발자국 소리는 그와 달랐다. 왠지 조심스럽고, 망설이는 듯했다. 수상쩍은 예감이 들었다. 잠시 후, 밖에 있는 누군가가 열쇠 꾸러미를 꺼내는 소리가 들렸다. 철컥하는 소리에 둘은 가슴이 철렁 내려앉았다.

「어떡하면 좋죠? 무서워 죽겠어요! 전에 말했다시피, 난 겁이 무지 많단 말이에요. 아마 이 세상에서 가장 겁이 많은 생쥐일 걸요.」멕스는 고함을 지르면서 친구의 발 사이로 비집고 들어왔다.

「누군지는 모르겠지만, 지금 문을 열려고 해. 멕스, 뭐든 해봐야겠어. 나쁜 사람들이 남의 집에 들어와서 물건을 마음대로 집어 간다는 얘기를 들은 적이 있거든. 그런 사람들을 도둑이라고 하더군.」믹스가 말했다.

「그럼 도둑들이 우리를 훔쳐 갈 수도 있다는 얘기잖아요. 아, 무서워 죽겠어요! 우리가 뭘 어떻게 하겠어요? 고작 눈먼 고양이하고 겁쟁이 생쥐뿐인데……」멕

스는 징징거리면서도 친구를 따라 문 앞까지 갔다. 밖에서 문을 열려고 여러 열쇠를 번갈아 자물통에 집어넣고 있었다. 철꺼덕철꺼덕하는 금속성 소리가 들릴 때마다 온몸에 소름이 돋았다. 겨울과는 전혀 다른 추위가 뼛속 깊숙이 파고드는 듯했다.

「더 이상 안 되겠어, 멕스. 뭐든 해봐야겠어.」

믹스가 단호한 목소리로 말했다. 급한 대로 둘은 몸으로 문을 막아섰다. 그 와중에도 멕스는 무서워 죽겠다고 난리를 피웠다. 멕스는 더 이상 참지 못하고, 거실 복판에 있는 탁자 위로 쪼르르 올라가 텔레비전 리모컨을 밀어 바닥에 떨어뜨렸다. 그리고 무서워 죽겠다고 방정을 떨면서 리모컨 위로 뛰어내렸다.

바로 그 순간, 철컥하고 열쇠를 돌리는 소리가 났다. 마침내 맞는 열쇠를 찾은 모양이었다. 그런데 바로 그 순간 정말 기적 같은 일이 일어났다. 갑자기 봄을 알리는 여자의 아름다운 목소리가 집 안 구석구석 울려 퍼지기 시작한 것이다.

그러자 도둑이 계단으로 내빼기 시작했다. 발자국 소리가 점점 희미해지자 믹스는 비로소 안심이 되는 듯 가슴을 쓸어내리면서 멕스를 불렀다.

「잘했어, 멕스. 정말 기가 막힌 아이디어였어! 도둑

도 깜빡 속았지 뭐니.」

친구들이 서로 마음만 합치면 이겨 내지 못할 일은
아무것도 없는 법이다.

9

　사실 막스는 이처럼 늙고 앞도 못 보는 고양이가 등에 하얀 줄무늬가 있는 밝은 밤색의 자그마한 생쥐와 힘을 합쳐 도둑을 물리치고 집을 지켰으리라곤 상상조차 하지 못했다.

　믹스와 멕스는 그때의 일을 떠올릴 때마다 통쾌하다가도, 등골이 오싹해지는 느낌을 지울 수가 없었다. 하지만 멕스는 자기가 없었다면 도둑을 물리칠 수 없었을 거라고 큰소리치곤 했다.

　「솔직히 난 무서워 죽는 줄 알았어요. 믹스. 너무 무서워서 앞이 하나도 안 보이더라니까요. 말했다시피, 난 정말 겁이 많아요. 하지만 아주 영리하다고요. 그럼요, 영리한 걸로 따지면 내가 아마 최고일걸요. 그런데 도둑놈이 찬장에 있는 시리얼을 훔쳐 갈 수도 있다고 생각하니까…… 아! 그건 생각만 해도 정말 끔찍했어요. 아니, 생각하기도 싫을 정도로 끔찍했어요.」

믹스는 생쥐 친구의 수다에 이미 익숙해진 터라 무슨 이야기를 하더라도 그냥 내버려 두었다.

어느 화창한 봄날 오전, 멕스는 목욕탕 위로 왜 계단이 나 있는지 알고 싶어 했다.

믹스도 워낙 오랫동안 그 계단을 잊고 지냈던 터라, 친구한테 설명하기가 생각보다 쉽지 않았다. 간신히 설명을 마친 후, 믹스는 통풍문을 밀어 보았다. 다행히 경첩에 기름칠이 잘 되어 있던 덕분에 문은 쉽게 열렸다. 그런데 그 순간 믹스는 갑자기 앞을 못 보게 되는 바람에 고양이로서 누려야 할 자유로운 삶마저 송두리째 잃어버렸다는 생각에 마음이 무거워졌다.

「궁금해서 물어보는 건데요, 혹시 산책할 생각 있어요? 멀리 가는 건 아니고, 금방 갔다 오는 거예요. 지붕 위를 한번 돌아보자는 거죠. 산책을 하면 잃었던 입맛도 다시 돌아온다고 하잖아요.」생쥐가 말했다.

멕스의 말을 듣자 믹스의 눈앞으로 옛 추억이 아스라이 떠올랐다. 예전 같으면 이 정도 계단을 올라가는 건, 식은 죽 먹기였는데……. 그리고 지붕에 올라가면 콧속으로 스며들던 신선한 공기……. 겨울엔 차가운 공기를, 또 여름엔 시원한 공기를 폐 속 깊이 들이마시면 정말이지 세상에 부러울 것이 없었다.

「싫어. 난 할 수도 없고, 해서도 안 돼. 설령 지붕에 올라간다 해도, 어디에 발을 디뎌야 할지도 모르는걸. 흔히 고양이들은 추락해도 네 발로 사뿐히 땅 위에 내려앉는다고들 하지. 하지만 그렇게 높은 데서 떨어지는데 고양이라고 어떻게 무사할 수 있겠니. 말도 안 되는 소리지. 네 사정도 나하고 다를 바 없어. 지붕에 나간다 하더라도 다시 집 안으로 들어오려면 통풍문을 열어야 할 텐데, 혼자서 할 수 있겠어?」

믹스의 말을 듣자 생쥐는 집 안에만 갇혀 있으려니 너무 비참한 생각이 든다면서 다시 하소연을 늘어놓기 시작했다. 그러면서도 지붕에 올라갔다가 혼자 오도 가도 못하는 신세가 되면 어떻게 하겠냐면서 울상을 지었다. 멕스는 뒷발로 선 채, 앞도 못 보는 고양이 눈에 대고 앞발을 요란하게 흔들어 대면서 말했다.

「정말이지 생각만 해도 끔찍해요. 하지만 고양이님은 힘이 세잖아요. 그리고 난 앞을 잘 보고요. 이래 봬도 시력 하나는 끝내준답니다. 끝내주는 정도가 아니죠. 못 보는 게 없을 정도니까요. 고양이님이 못 보는 걸 전 볼 수 있다고…….」

친구의 말을 듣는 동안 믹스는 몸속에서 힘이 솟구치는 것을 느꼈다. 모험을 하고 싶다는 충동을 느끼자 갑자기 온몸에 뜨거운 피가 흐르기 시작하고, 자기도 모르는 사이에 꼬리가 살랑살랑 움직이고 있었다.

진정한 친구라면 어떤 시련이라도 이겨 낼 수 있도록 서로 도와야 하는 법이다. 마지막 층계에 이르자, 생쥐는 고양이의 목을 단단히 붙잡은 채 이제 통풍문에 거의 다 와간다고 일러 주었다.

통풍문을 열자 공기가 믹스의 콧속으로 부드럽게 스며들었다. 한동안 잊고 살았던 즐거움이 다시 살아나는 기분이었다.

「멕스, 뭐가 보이는지 말해 봐.」

「우선 커다란 지붕이 보여요. 와! 엄청나게 커요. 저 정도면 이 세상에서 가장 큰 지붕일 거예요. 그리고 둥근 통같이 생긴 것들이 하늘 높이, 아주 높게 치솟아 있어요. 또 하늘엔 커다란 새 한 마리가 빠르게 날아가고 있네요. 참 신기한 일도 다 있죠? 그 새 꽁무니 뒤로 하얀 줄 두 개가 쭉 이어져 있다고요. 꼭 솜처럼 생겼어요. 그런데 자세히 보니까 솜보다는 맛있는 크림을 두 줄로 이어 놓은 것 같아요. 아! 막스의 생일 케이크에 있던 그 크림 말이에요…….」

그렇게 두 친구들은 지붕 위를 돌아다녔다. 믹스는 앞을 못 보는 대신, 멕스가 일러 주는 대로 길을 갔고,

반면 멕스는 믹스의 목에 매달린 채 지붕의 이음새 부분이나 지붕 처마, 그리고 낙엽과 먼지로 가득 찬 빗물 배수관이 어디 있는지 상세히 알려 주었다.

「이리 계속 가면 지붕 끝이지, 멕스?」

「그래요. 거의 끝이에요. 저 아래로 쓰레기통이 보여요. 믹스, 더 가면 위험하니까 저 위로 가요.」

고양이들에게 지붕은 어떤 경계도 없을 뿐만 아니라, 언제나 놀라운 사건들이 기다리고 있는 천국이나 마찬가지다. 눈과 비, 그리고 바람이 늘 새롭고 신비로운 냄새를 몰고 오기 때문이다. 지붕만 올라오면 고양이들은 아무 거리낌 없이 자유자재로 움직이고, 위풍당당하면서도 장엄한 동물로 변한다.

「멕스, 내 기억으로는 이 아래 길에 쓰레기통이 있고, 그 건너편으로 지붕이 또 하나 있을 텐데. 맞니?」

「맞아요. 건너편에 지붕이 하나 보여요. 그리고 그 너머에도 지붕이 있고, 또 그 너머에도…….」

「혹시 하늘을 날고 싶지 않아, 친구?」

「오! 물론이죠! 날고 싶고말고요. 오래전부터 하늘을 나는 생쥐가 되는 게 내 꿈이었으니까요. 이 세상에서 가장 잘 나는 생쥐 말이에요……. 그런데 꿈만 있으면 뭐하겠어요? 날개도 없는데…….」

믹스는 친구에게 자기 말을 잘 들어 보라고 했다. 우선 자기 수염부터 꼬리까지 길이를 잰 다음, 건너편에 있는 지붕까지의 거리가 몸길이의 몇 배 정도 되는지 계산해 보라는 거였다. 그러자 생쥐는 고양이의 목에서 내려 관찰하기 좋은 곳으로 걸어갔다. 그리고 친구가 시킨 대로 고양이의 몸길이와 맞은편 지붕까지의 거리를 차례대로 재기 시작했다.

「내가 볼 때는요…… 고양이를 여섯만 모으면, 다시 말해서 크고 건장한 여섯 고양이를 모아서 다리처럼 쭉 잇기만 한다면 저 지붕으로 갈 수 있을 것 같아요. 에이! 그런데 어쩌죠? 여긴 고양이님 하나밖에 없잖아요. 저기로 건너가려면 다섯이 더 필요한데…….」

그러나 그리스 조각상 같은 외모를 가진 눈 먼 고양이 믹스는 아무 말 없이 지붕 끄트머리까지 조심스럽게 걸어갔다. 그리고 허공에 발을 한번 휘저어 본 다음, 조심스럽게 원래 있던 곳으로 돌아왔다.

「멕스, 그럼 내 몸길이로 쟀을 때 여기서 지붕 끄트머리까지는 얼마나 될까?」

「대략 두 배 정도 되는 것 같아요, 믹스. 그러니까 지금 우리가 있는 곳에서 저 끝까지의 거리는 고양이님 몸길이의 두 배 정도 될 거예요. 물론 조금 전 고양이님이 저 끝에 갔을 때, 허공에 떠 있던 수염은 빼고요.」

「그럼 당장 내 목에 올라타. 그리고 내 몸을 꽉 잡으라고.」

작은 생쥐가 믹스의 목 위에 자리를 잡고, 앞발로 귀 아래의 털을 꽉 움켜잡자, 믹스는 꼬리를 한 차례 힘차게 흔들어 보았다. 그러자 몸속 깊은 곳에서 뜨거운 열기가 근육을 타고 올라왔다. 믹스는 지붕 끄트머리까지 살금살금 기어갔다. 그리곤 뒷발을 중심으로 천천히 몸을 웅크리면서, 사자나 호랑이, 그리고 재규어와 같은 커다란 고양잇과 동물들이 지닌 힘이 자기 몸속에서 용솟음치기만을 기다렸다. 마침내 믹스는 온몸을 힘껏 펴면서 화살처럼 빠르게 공중으로 솟구쳐 올랐다.

모든 게 눈 깜짝할 사이에 이루어졌다. 하지만 그 짧은 순간 동안 믹스는 오랫동안 잊고 살았던 소중한 것들을 다시금 느낄 수 있었다. 얼굴을 스치고 지나가는 상쾌한 공기, 땅 위에 내딛기 위해 멋있게 펴진 앞다리, 그리고 아직도 한 번에 건너편 지붕으로 날아갈 수 있다는 황홀한 느낌과 되찾은 자유. 발이 건너편 지붕에 닿는 순간, 믹스는 자기의 눈이 되어 준 작은 친구에게 고마운 마음을 전했다.

IO

    막스와 믹스, 그리고 멕스는 뮌헨에 있는 아파트에서 오랫동안 함께 살았다. 가끔 어떤 우편배달부는 노란색 자전거를 세우면서, 그리스 조각상처럼 생긴 고양이가 아주 자그마한 털북숭이 동물과 함께 지붕 끝에 앉아 있는 모습을 쳐다보곤 했다. 또 토요일마다 열리는 장터에서 튤립을 파는 한 아주머니는 수시로 하늘을 쳐다보면서 한숨을 쉬는 버릇이 있었다. 그러다 가끔 가슴은 하얗고 등은 까만 고양이 한 마리가 목에 옅은 밤색의 목걸이를 건 채 지붕 사이를 날아다니는 모습을 볼 때마다 소스라치게 놀라곤 했다. 그리고 항상 위아래로 시커먼 색의 옷을 입고 다니던 굴뚝청소부는 광장에 있는 바로 들어와서, 모자를 옷걸이에 걸고 맥주를 주문하면서 말했다. 「이보게. 나도 늙었는지 요즘 들어 내 눈에 자꾸 헛것이 보이는구먼. 글쎄 그리스 조각상처럼 생긴 고양이가 생쥐하고 어느 집 지붕 위에 나란히 앉아서 해를 바라보고 있지 뭔가. 근데 더 신기한 건 말일세, 둘이 무슨 얘기를 나누는데, 고양이가 생쥐의 말을 유심히 듣고 있는 것 같더라니까. 오래 살다 보니 참 별일도 다 있어. 어서 맥주나 주게. 맥주나 마시고 속 차려야지.」

긴 시간이든, 짧은 시간이든, 그건 그리 중요하지 않다. 왜냐하면 삶이라는 건 길이가 아니라, 고양이와 생쥐처럼 서로 마음을 열고 얼마나 따뜻한 마음으로 사느냐에 따라 달라지기 때문이다. 믹스는 작은 친구의 눈으로 세상을 보았고, 멕스는 크고 건장한 친구의 몸에서 솟구치는 힘과 활력을 통해 더 강해질 수 있었다.

둘은 정말로 행복한 시간을 보냈다. 진정한 친구는 자신이 가진 장점을 서로 나눌 줄 아는 법이니까.

엄지영 한국외국어대학교 스페인어과를 졸업하고, 동 대학원과 스페인 마드리드 콤플루텐세 대학교 대학원에서 라틴 아메리카 소설을 공부했다. 옮긴 책으로는 루이스 세풀베다의 『역사의 끝까지』, 『느림의 중요성을 깨달은 달팽이』, 『자신의 이름을 지킨 개 이야기』, 『길 끝에서 만난 이야기』, 『우리였던 그림자』, 공살루 M. 타바리스의 『작가들이 사는 동네 1, 2』, 『예루살렘』, 돌로레스 레돈도의 『테베의 태양』, 로베르토 아를트의 『7인의 미치광이』, 페데리코 가르시아 로르카의 『인상과 풍경』, 리카르도 피글리아의 『인공호흡』, 사비나 베르만의 『나, 참치여자』 등이 있다.

생쥐와 친구가 된 고양이

발행일	2015년 4월 15일 초판 1쇄
	2022년 5월 20일 초판 5쇄

지은이	루이스 세풀베다
그린이	노에미 비야무사
옮긴이	엄지영
발행인	홍예빈 · 홍유진
발행처	주식회사 열린책들

경기도 파주시 문발로 253 파주출판도시
전화 031-955-4000 팩스 031-955-4004
www.openbooks.co.kr

Copyright (C) 주식회사 열린책들, 2015, *Printed in Korea.*
ISBN 978-89-329-1708-5 03870

이 도서의 국립중앙도서관 출판예정도서목록(CIP)은 서지정보유통지원시스템 홈페이지(http://seoji.nl.go.kr)와 국가자료공동목록시스템(http://www.nl.go.kr/kolisnet)에서 이용하실 수 있습니다.(CIP제어번호 : CIP2015008381)